SHREK

Whirlwind Adventure
Torbellino de aventuras

Illustrated by Linda Karl and Beverly Lazor Bahr

Designed by John Daly

Ilustrado por Linda Karl y Beverly Lazor Bahr

Diseñado por John Daly

Published by Scholastic Inc.
SCHOLASTIC and associated logos are trademarks and/or registered trademarks of Scholastic Inc.
12 11 10 9 8 7 6 5 4 3 2   4 5 6 7 8 9/0

ISBN: 0-439-63201-3

Printed in the U.S.A.
First printing, May 2004
First bilingual printing, May 2004

Scholastic Inc.

New York   Toronto   London   Auckland   Sydney
   Mexico City   New Delhi   Hong Kong   Buenos Aires

THE STORY SO FAR
LO SUCEDIDO HASTA AHORA

Finish the missing words by looking at each little picture and filling in the blanks.

Completa las palabras que faltan, observando cada ilustración y rellenando los espacios en blanco.

Once upon a t _ _ _ _ there was a beautiful p _ _ _ _ _ _ _ _

She lived in a high t _ _ _ _ _ guarded by a f _ _ _ _ -breathing

d _ _ _ _ _ _ _ . Instead of a p _ _ _ _ _ _ _ , an o _ _ _ _ rescued her.

Había una v _ _ una hermosa p _ _ _ _ _ _ _ _ _ _ . La

princesa vivía en una t _ _ _ _ _ _ alta custodiada por un

d _ _ _ _ _ _ que exhalaba f _ _ _ _ _ _ . En lugar de un

p _ _ _ _ _ _ _ _ _ azul, la rescató un o _ _ _ _ .

Believe it or not, they got married and lived happily ever after!

Aunque no lo creas, se casaron y ¡vivieron felices para siempre!

Answer on page 78
Soluciones en la página 78

JUST MARRIED

RECIÉN CASADOS

What happens after Happily Ever After?

¿Qué pasa después de Felices Para Siempre?

THE LONG AND WINDING ROAD
EL CAMINO LARGO Y TORTUOSO

Help Shrek and Fiona find the way to the gingerbread cottage for their honeymoon.

Ayuda a Shrek y a Fiona a encontrar la casita de jengibre para pasar su luna de miel.

Answer on page 78
Solución en la página 78

Now that's using your head!

¡A eso se le llama usar la cabeza!

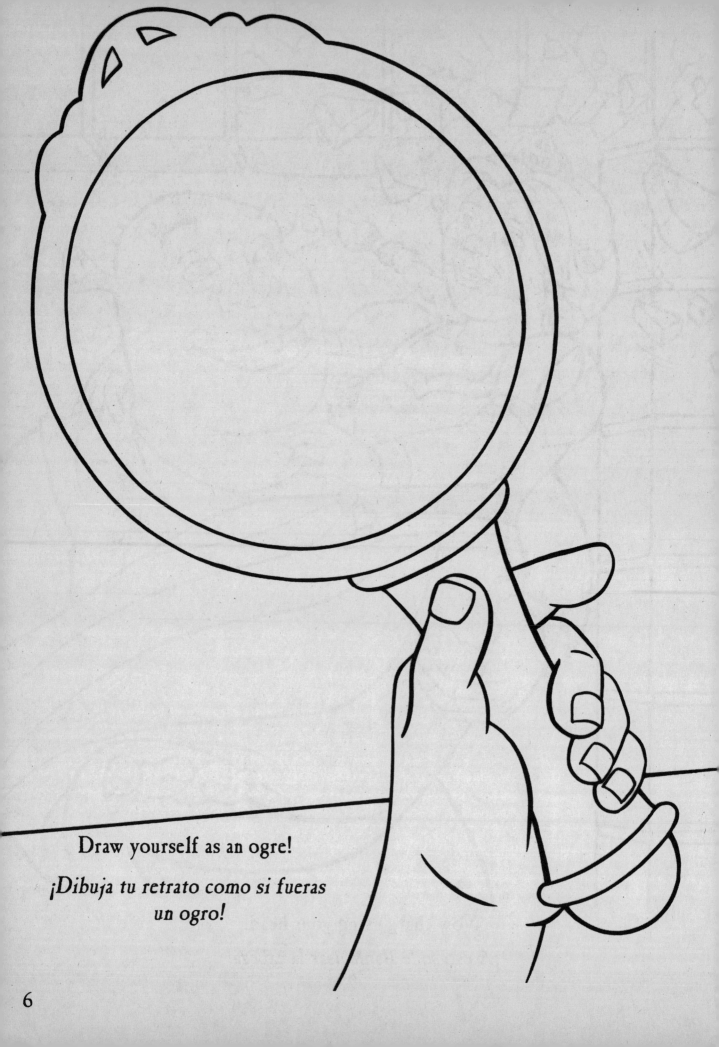

Draw yourself as an ogre!

¡Dibuja tu retrato como si fueras
un ogro!

Much scarier than the Three Bears!

¡Asustan mucho más que Los Tres Osos!

The couple that shaves together . . .

Las parejas que se afeitan juntas...

. . . stays together!

¡permanecen juntas!

"Nothing could spoil this perfect moment . . ."
Nada puede estropear este momento perfecto...

"... not even a mob of angry villagers!"

¡ni siquiera un montón de aldeanos enojados!

THE NEWLYWED GAME
EL JUEGO DE LOS RECIÉN CASADOS

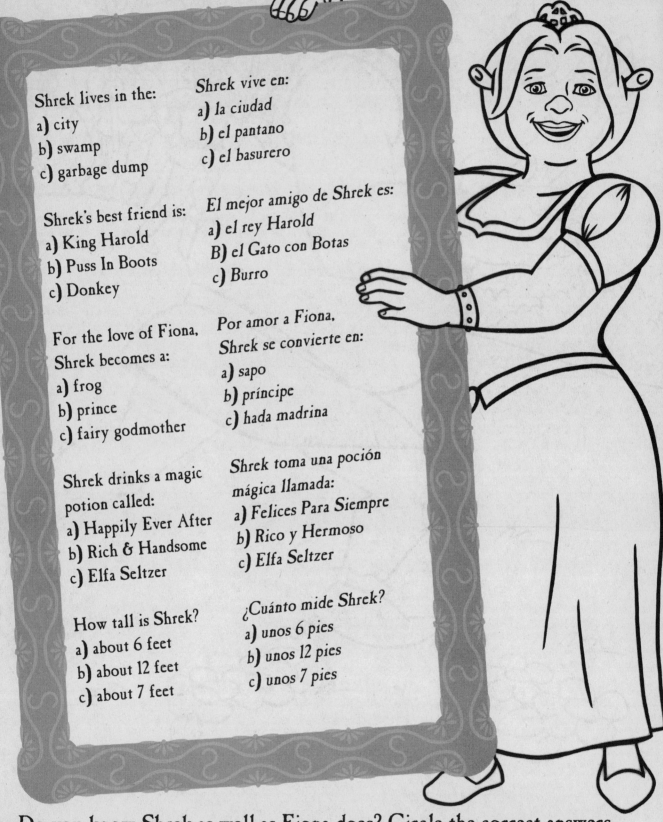

Shrek lives in the:
a) city
b) swamp
c) garbage dump

Shrek vive en:
a) la ciudad
b) el pantano
c) el basurero

Shrek's best friend is:
a) King Harold
b) Puss In Boots
c) Donkey

El mejor amigo de Shrek es:
a) el rey Harold
B) el Gato con Botas
c) Burro

For the love of Fiona,
Shrek becomes a:
a) frog
b) prince
c) fairy godmother

Por amor a Fiona,
Shrek se convierte en:
a) sapo
b) príncipe
c) hada madrina

Shrek drinks a magic
potion called:
a) Happily Ever After
b) Rich & Handsome
c) Elfa Seltzer

Shrek toma una poción
mágica llamada:
a) Felices Para Siempre
b) Rico y Hermoso
c) Elfa Seltzer

How tall is Shrek?
a) about 6 feet
b) about 12 feet
c) about 7 feet

¿Cuánto mide Shrek?
a) unos 6 pies
b) unos 12 pies
c) unos 7 pies

Do you know Shrek as well as Fiona does? Circle the correct answers.

¿Conoces a Shrek tan bien como Fiona? Encierra las respuestas correctas
en un círculo.

Answer on page 78
Soluciones en la página 78

Mood lighting in a jar.

Alegra corazones en un frasco.

PIXIE HUNT
CAZA DE HADAS

Help Shrek catch a pixie by circling the picture that doesn't match the others.

Ayuda a Shrek a atrapar un hada, encerrando en un círculo el dibujo distinto de los demás.

Answer on page 78
Solución en la página 78

The perfect end to a perfect honeymoon!
¡El final perfecto para una luna de miel perfecta!

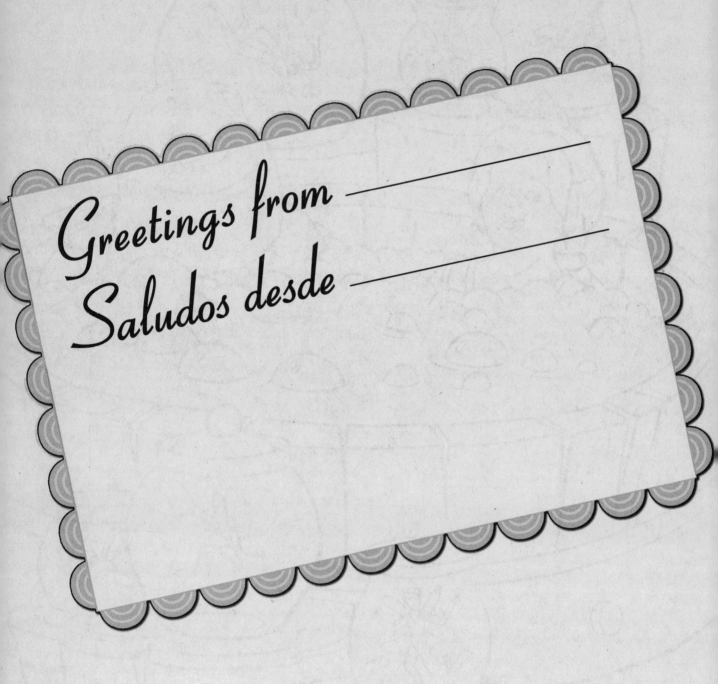

Greetings from _____

Saludos desde _____

Draw a picture of yourself on this postcard enjoying a relaxing vacation.
Then write in the name of your perfect holiday location on the blank line.

Dibuja tu retrato en esta postal, disfrutando de una linda vacación.
Luego escribe en la línea en blanco el nombre del lugar
perfecto para pasar las vacaciones.

GOING FAR FAR AWAY
DE VIAJE A MUY MUY LEJOS

500 miles to
FFA

500 millas a
MML

swamp

pantano

Fiona and Shrek are going to visit her parents, the King and Queen of Far Far Away. Help them to get there by finding a path through the maze.
Fiona y Shrek van a visitar a los padres de Fiona, el Rey y la Reina de Muy Muy Lejos. Ayúdalos a encontrar el camino en el laberinto.

PACK YOUR BAGS
HAZ TUS MALETAS

Mud for Faces

fancy feathered hat

SOMBRERO DE PLUMAS

BOOTS

BOTAS

hair conditioner

ACONDICIONADOR DE PELO

Donkey treats

DELICIAS DE BURRO

BUG GUT TOOTHPASTE

PASTA DE DIENTES

ARMOR POLISH

LIMPIAARMADURAS

Stink weed SEEDS

SEMILLAS

handkerchief

PAÑUELO

crown

CORONA

teeth whitening strips

TIRAS PARA BLANQUEAR DIENTES

weed rat

RATA

my Diary

MI DIARIO

Breath freshener

REFRESCAALIENTOS

hair nets

REDECILLAS DE PELO

Fiona and Shrek had to pack for their trip to Far Far Away.
Look at the objects pictured above and circle the ones that they
would want to take on the trip with them.

*Fiona y Shrek hacen sus maletas para ir a Muy Muy Lejos. Mira los objetos
de arriba y encierra en un círculo los que se llevarían para ir de viaje.*

Answer on page 78
Soluciones en la página 78

The King and Queen of Far Far Away throw a royal ball to celebrate Fiona's marriage.

El Rey y la Reina de Muy Muy Lejos dieron un baile de gala para celebrar el casamiento de Fiona.

MAKE A PRINCESS CROWN & MAGIC WAND
HAZ UNA CORONA DE PRINCESA Y UNA VARITA MÁGICA

You will need:
· Gold gel pen
· Ribbon or yarn
· Plastic drinking straw
· Lightweight cardboard,
  such as a file folder or cereal box
· Scissors, paper punch, tape, white glue
· Crayons or markers
· Glitter

1. Tear out the next pages and decorate the crown and stars with crayons or markers.
2. Glue the page to lightweight cardboard.
3. Cut out the crown and stars.

To make the crown:
1. Punch holes in the dots at the ends of the crown.
2. Tie a piece of yarn or ribbon through each hole. Then tie the crown around your head.

To make the wand:
1. Glue one end of the straw to the back of one of the stars.
2. Glue the two stars together.
3. Punch holes in the points of the stars and tie on small pieces of ribbon to dangle. Add glitter so it sparkles!

Necesitarás:
· *Marcador dorado*
· *Cinta o lana*
· *Popote/Paja de beber*
· *Cartulina no muy gruesa, como la de una carpeta o caja de cereal*
· *Tijeras, perforadora, cinta adhesiva, pegamento blanco*
· *Creyones o marcadores*
· *Polvo de brillos*

1. *Arranca las páginas siguientes y colorea la corona y las estrellas con los crayones oj los marcadores.*
2. *Pega la página a la cartulina.*
3. *Recorta la corona y las estrellas.*

Para hacer la corona:
1. *Haz agujeros en los círculos que hay en las puntas de la corona.*
2. *Pasa una cinta o un trozo de lana por cada agujero. Luego ponte la corona y amárratela a la cabeza.*

Para hacer la varita mágica:
1. *Pega un extremo del popote a la parte de atrás de una de las estrellas.*
2. *Pega las dos estrellas.*
3. *Haz agujeros en las puntas de las estrellas y ata trocitos de cintas. ¡Pon brillos para que reluzca!*

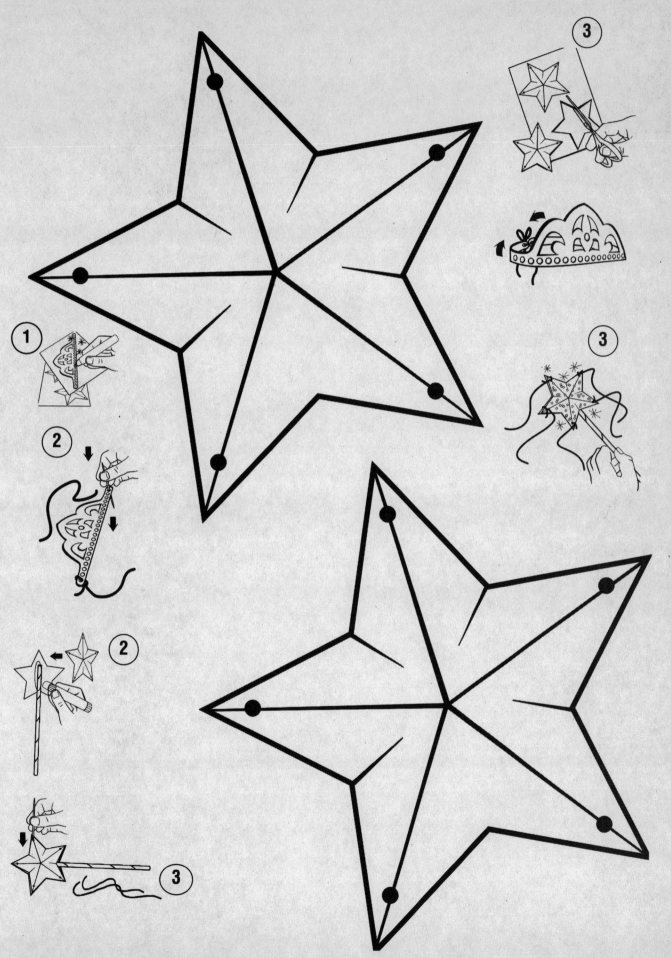

OGRE BEAUTY TIPS
TRUCOS DE BELLEZA PARA OGROS

Even ogres want to look their best. Princess Fiona has a number of tips, but maybe you can think of some more. Add your tips to the list below.

1. First thing in the morning, always shave carefully. Nobody likes a five o'clock shadow—especially at eight in the morning.

2. Mud packs are especially useful for maintaining a clear complexion. Use mud with lots of worms and other bugs in it for the best effect.

3. Hair care? How to keep hair from getting nice and shiny?

4. Teeth? What's the best way to keep them crooked and dingy?

5. Fingernails? What's the perfect ogress manicure?

6. Ears? What's the best way to make candles with the extra wax?

7. _____

8. _____

9. _____

Hasta los ogros quieren lucir bien. La princesa Fiona puede dar muchos consejos, pero quizás a ti se te ocurran algunos más. Añade tus consejos a la lista de abajo.

1. Antes de nada, por la mañana, aféitate bien. A nadie le gusta la sombra de las 5 de la tarde, nada menos que a las 8 de la mañana.

2. Las bolsas de barro son muy útiles para tener una piel limpia. Usa barro con muchos gusanos y otros insectos para obtener mejores resultados.

3. ¿Y el cabello? ¿Cómo evitar que el cabello sea lindo y brillante?

4. ¿Y los dientes? ¿Cuál es la mejor manera de conservarlos torcidos y opacos?

5. ¿Las uñas? ¿Cuál es la perfecta manicura para los ogros?

6. ¿Las orejas? ¿Cuál es la mejor manera de hacer velas con la cera que sobra?

_____

_____

_____

WHAT TO WEAR?
¿QUÉ ME PONGO?

Design Fiona's perfect outfit for the royal ball and draw it here.

*Diseña un traje perfecto para que Fiona vaya al baile
del palacio y dibújalo aquí.*

King Harold is up to no good.
El rey Harold está tramando algo.

MEET THE OGRE HUNTER
ESTE ES EL OGRO CAZADOR

How well do you know the Ogre Hunter? Circle the things about him that are true. Then color the picture.

¿Conoces bien al Ogro Cazador? Encierra en un círculo las cosas que son verdaderas acerca de él. Luego colorea el dibujo.

1. Also known as Puss In Boots

2. Likes dirty fur

3. Hangs out at The Poison Apple

4. Doesn't like to be disturbed

5. Carries a club

6. Wears a hat with a feather

7. Has a French accent

8. Carves the letter P in trees

9. Has sharp claws

10. Moos like a cow

11. Works for gold coins

12. Has long ears

1. También conocido como Gato con Botas

2. Le gusta la piel sucia.

3. Su lugar preferido es La Manzana Envenenada.

4. No le gusta que lo molesten.

5. Lleva un palo en la mano.

6. Usa un sombrero con pluma.

7. Tiene acento francés.

8. Graba la letra G en los árboles.

9. Tiene garras afiladas.

10. Muge como una vaca.

11. Trabaja por monedas de oro.

12. Tiene orejas largas.

Score

1-4 right = Go back to the litter box—you don't know the Ogre Hunter at all.
5-8 right = Not too bad, kitty cat.
9-12 right = Purrfect. You must be a close friend of the Ogre Hunter.

Puntaje

1-4 acertadas = Regresa a la caja de basura, no sabes absolutamente nada del Ogro Cazador.

5-8 acertadas = No está mal, gatito.

9-12 = acertadas Perrrrfecto. Debes ser amigo íntimo del Ogro Cazador.

Answer on page 78
Soluciones en la página 78

"HISSSSSS!"
–¡HISSSS!

OGRE HUNTER GAME
(FOR TWO OR MORE PLAYERS)

JUEGO DEL OGRO CAZADOR
(PARA DOS O MÁS JUGADORES)

Take turns drawing a straight line between two dots to make a square. As you complete a square, initial it and take another turn. Count 1 point for each square plus an extra point for each P. The player with the most points wins.

Cada jugador debe dibujar por turno una línea recta entre dos puntos para hacer un cuadrado. Cuando completes un cuadrado, pon tus iniciales y empieza otro. Cuenta un punto por cada cuadrado y un punto extra por cada P. El jugador que tiene más puntos gana.

Puss In Boots and Shrek become friends in the forest.

El Gato con Botas y Shrek se hacen amigos en el bosque.

Shrek calls the Fairy Godmother.
Shrek llama al Hada Madrina.

FOREST QUEST
BÚSQUEDA EN EL BOSQUE

Help Shrek and his friends find the Fairy Godmother's office by following them through the forest in the direction they're facing until they reach the finish.

Ayuda a Shrek y a sus amigos a encontrar la oficina del Hada Madrina, siguiéndolos por el bosque en la dirección que caminan hasta llegar al final.

34

Answer on page 79
Solución en la página 79

ELVES, ELVES, EVERYWHERE!
¡GNOMOS, GNOMOS, POR TODAS PARTES!

1. 2. 3.

4. 5. 6.

7. 8. 9.

10. 11. 12.

One of these elves is different. Can you spot which one?

Uno de estos gnomos es diferente. ¿Lo puedes encontrar?

Answer on page 79
Solución en la página 79

"I don't want to be an ogre anymore! I want to be a handsome prince!"

—¡Ya no quiero ser ogro! ¡Quiero ser un príncipe apuesto!

"Ogres don't have Happily Ever Afters!"
—¡Los ogros no tienen finales felices!

THE POTION ROOM
EL CUARTO DE LAS POCIONES

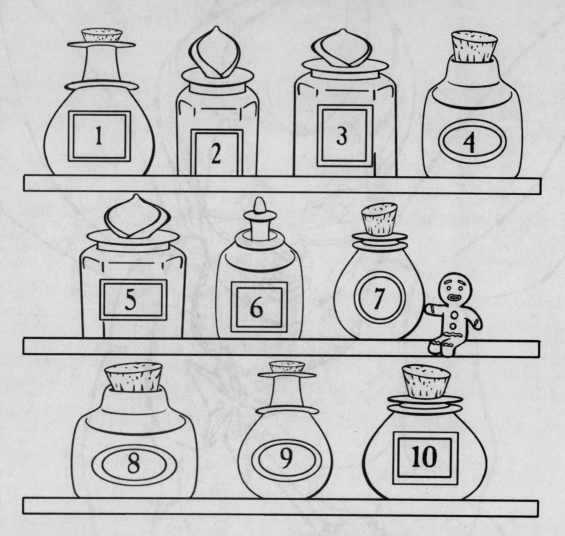

Help Shrek find the Happily Ever After potion by following the instructions. It's okay to use a calculator.

1. Think of a secret number:

2. Multiply by the number of Blind Mice:

3. Add the number of letters in Donkey's name:

4. Add your secret number:

5. Divide by the number of Shrek's ears:

6. Add the number of fingers Shrek has on one hand:

7. Divide by the number of Gingy's gumdrop buttons:

8. Subtract your secret number.

That's the number of the Happily Ever After potion!

Ayuda a Shrek a encontrar la poción Felices Para Siempre, siguiendo las instrucciones. Si quieres, puedes usar una calculadora.

1. Piensa en un número secreto:

2. Multiplica por el número de Ratones Ciegos:

3. Añade el número de letras del nombre Burros:

4. Añade tu número secreto:

5. Divide entre el número de orejas de Shrek:

6. Añade el número de dedos que Shrek tiene en una mano:

7. Divide entre el número de botones dulces de Gingy:

8. Resta tu número secreto.

¡Ese es el número de la poción Felices Para Siempre!

Answer on page 79
Solución en la página 79

NAME THE POTIONS
PON NOMBRE A LAS POCIONES

Puss In Boots finds a lot of different potions in the Fairy Godmother's factory. Help him think up names for some of the potions. Write the names on the lines.

El Gato con Botas encuentra muchas pociones diferentes en la fábrica del Hada Madrina. Ayúdalo a pensar en nombres para algunas pociones. Escribe los nombres en las líneas.

"Intruders! Intruders!"
—¡Intrusos! ¡Intrusos!

RUN FOR IT!
¡CORRE PARA SALVARTE!

START
SALIDA

FINISH
LLEGADA

Help Shrek, Donkey, and Puss In Boots escape!

¡Ayuda a Shrek, a Burro y al Gato con Botas a escapar!

Answer on page 79
Solución en la página 79

WHO SAID IT?
¿QUIÉN LO DIJO?

"You promised me a princess!
You promised me a kingdom!"

"Somebody bring me something deep
fried and smothered in chocolate!"

"It would be an honor to lay my life on the line for you."

"I think you grabbed the Farty Ever After potion!"

"Here's to us, Fiona!"

—¡Que alguien me traiga algo frito bañado en chocolate!

—¡Tú me prometiste una princesa! ¡Tú me prometiste
un reino!

—¡Sería un honor arriesgar mi vida por ti!

—¡Creo que tomaste la poción Pedorretas
Para Siempre!

—¡Brindemos por nosotros, Fiona!

Draw a line to match the quote with the character who spoke the words.

Traza una línea para unir la pregunta con el personaje que la hizo.

Donkey does the animal testing.

Burro toma la prueba para animales.

"Maybe it's a dud."
—*Quizás no sirva para nada.*

The next morning, it's transformation time!

¡Al día siguiente, se produce la transformación!

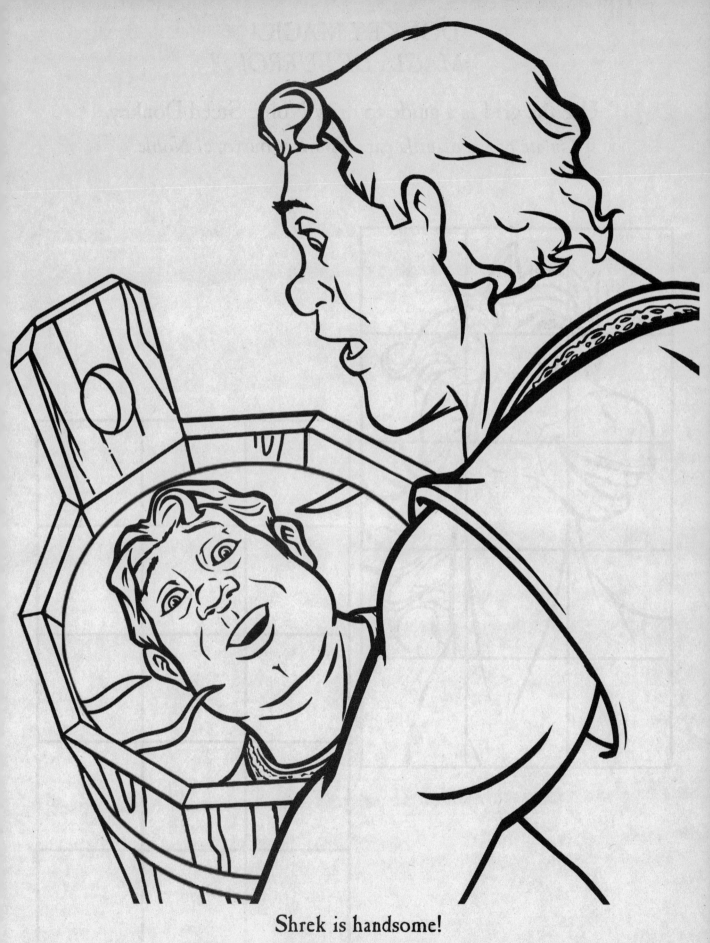

Shrek is handsome!

¡Shrek es apuesto!

DONKEY MAGIC!
¡MAGIA DE BURRO!

Use the grid as a guide to draw Noble Steed Donkey.

Guíate por la planilla para dibujar a Burro, el Noble.

"Who are you callin' Donkey?"
—¿A quién llamas Burro?

The potion's power worked on Fiona, too!
¡La poción también hizo efecto en Fiona!

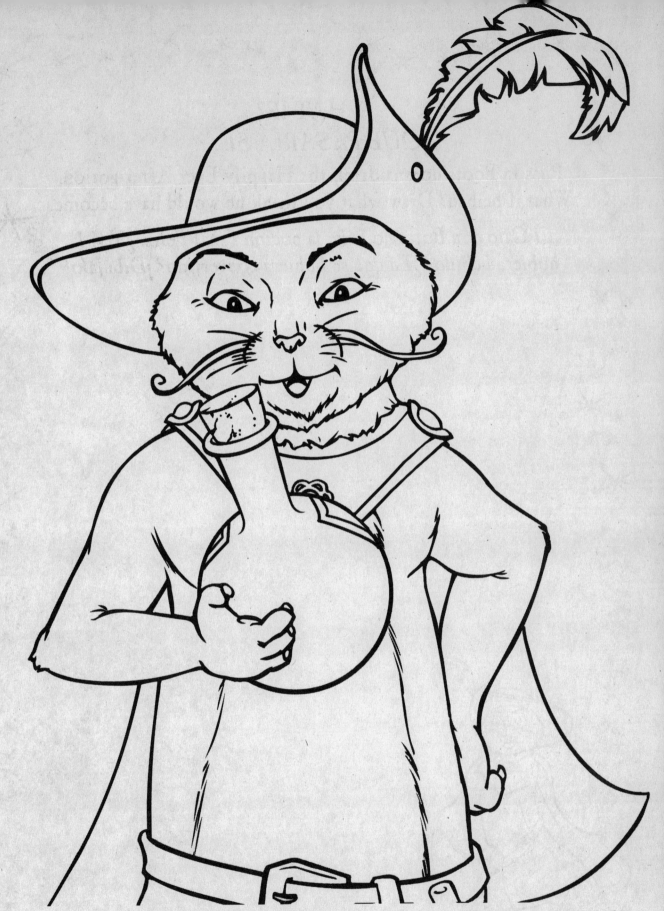

Oh, no! To stay handsome, Shrek must kiss his true love by midnight!

¡Oh, no! ¡Para mantenerse apuesto, Shrek tiene que besar a su verdadero amor antes de media noche!

WHAT IF?
¿QUÉ PASARÍA SI...?

Puss In Boots doesn't drink the Happily Ever After potion. What if he had? Draw what you think he would have become.

El Gato con Botas no bebe la poción Final Feliz. ¿Y si la hubiera bebido? ¿En qué se hubiera convertido? ¡Dibújalo!

Puss in Boots shows off his saber skills in The Poison Apple.

El Gato con Botas demuestra que sabe manejar la espada en la Manzana Envenenada.

WHAT HAPPENED?
¿QUÉ PASÓ?

Sir Shrek and Company

Caballero Shrek y Compañía

There are five things wrong with this picture. Can you spot the differences?

En este cuadro hay cinco cosas equivocadas. ¿Puedes encontrar las diferencias?

Answer on page 79
Solución en la página 79

PAW PRINT DETECTIVE
DETECTIVE DE HUELLAS DE PATAS

The knights have dropped all of the paw print files.
Find a match for Puss In Boots's paw print.

A los caballeros se les cayeron todos los documentos con las huellas.
Busca el par de la huella del Gato con Botas.

Answer on page 79
Solución en la página 79

A courageous prison rescue!

¡Valiente rescate de la prisión!

To the castle—no time to lose!
¡Al castillo, sin perder tiempo!

BEFORE MIDNIGHT
ANTES DE MEDIANOCHE

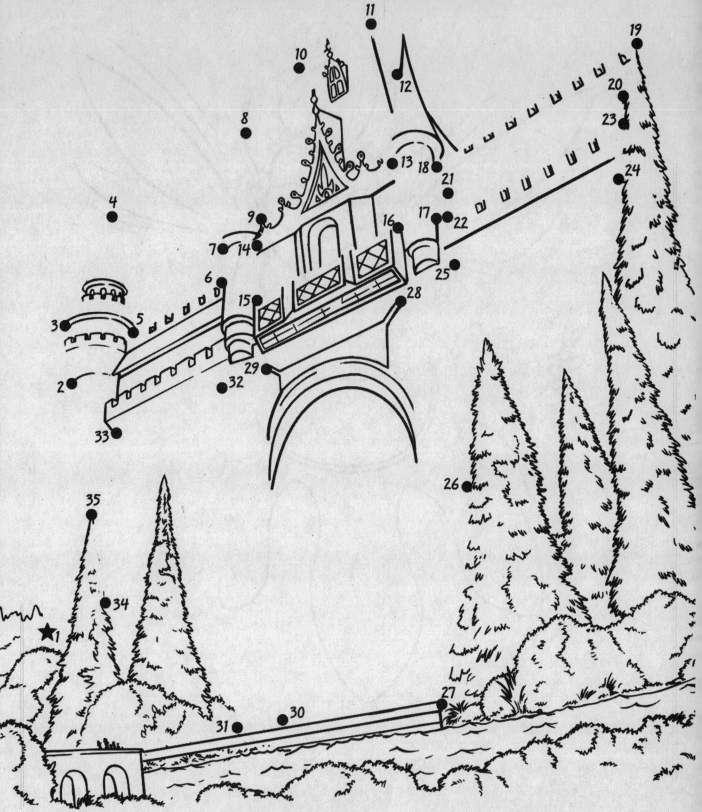

Connect the dots to find out where Shrek must go to find Fiona before the
clock strikes midnight.

*¡Conecta los puntos para saber dónde debe buscar Shrek a Fiona antes de que
el reloj dé la medianoche!*

DOT MAGIC
MAGIA CON PUNTOS

Who's stirring up trouble? Connect the dots to find out.

¿Quién está causando problemas? Conecta los puntos para averiguarlo.

"Tea?" asks the King.

—¿Té? —pregunta el Rey.

STAR SEARCH
BÚSQUEDA DE ESTRELLAS

Find the items in the border and circle them in the picture.

Busca en el dibujo los objetos que hay en el marco y enciérralos en un círculo.

Answer on page 80
Soluciones en la página 80

"Since when do you dance?"
—¿Cuándo aprendiste a bailar?

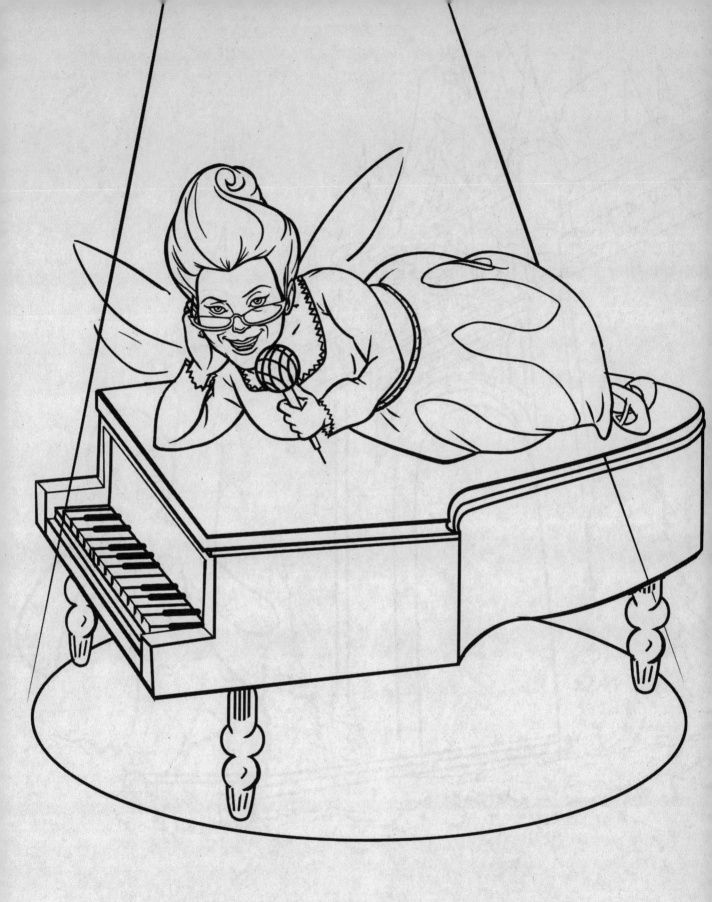

"I need a hero!" sings the Fairy Godmother.
—¡Necesito un héroe! —canta el Hada Madrina.

"Let's crash this party!"
—¡Colémonos a la fiesta!

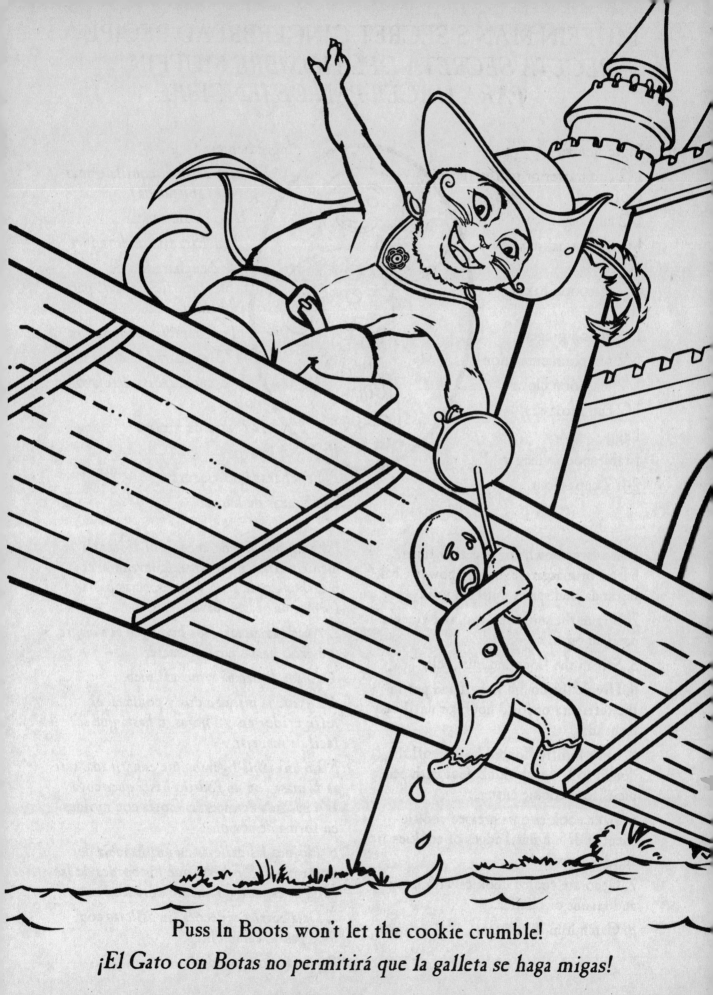

Puss In Boots won't let the cookie crumble!

¡El Gato con Botas no permitirá que la galleta se haga migas!

MUFFIN MAN'S SECRET GINGERBREAD RECIPE
RECETA SECRETA DEL HOMBRE MUFFIN
PARA HACER PAN DE JENGIBRE

Ingredients:

1/2 cup butter or margarine (softened)

1/2 cup sugar

1 teaspoon baking powder

1/2 teaspoon baking soda

1 teaspoon ginger

1/2 teaspoon cinnamon

1/2 teaspoon cloves

1/2 cup molasses

1 egg

1 tablespoon vinegar

2-1/2 cups flour

Ingredientes:

1/2 taza de mantequilla o margarina (ablandada)

1/2 taza de azúcar

1 cucharadita de levadura

1/2 cucharadita de bicarbonato de soda para hornear

1 cucharadita de jengibre

1/2 cucharadita de canela

1/2 cucharadita de clavo de olor

1/2 taza de melaza

1 huevo

1 cucharada de vinagre

2-1/2 tazas de harina

1. In a large bowl, stir together sugar, butter or margarine, baking powder, baking soda, and spices until smooth.

2. Stir in the molasses, egg, and vinegar until smooth.

3. Stir in the flour and mix well.

4. Divide the dough in half and put in the refrigerator for 3 hours or until easy to handle.

5. On a lightly floured board, roll the dough to 1/4-inch thick. Cut with people-shaped cookie cutters.

6. Bake cookies on a greased cookie sheet at 375°F until edges of cookies are lightly browned.

7. Decorate cooled cookies with icing and raisins or candies.

8. Catch him if you can!

1. En un bol grande, mezcla el azúcar, la mantequilla o margarina, la levadura, el bicarbonato de soda y las especias hasta formar una pasta suave.

2. Añade la melaza, los huevos y el vinagre, y mezcla hasta que esté suave.

3. Añade la harina y mezcla bien.

4. Divide la masa en dos y ponla en el refrigerador unas 3 horas, o hasta que sea fácil de manejar.

5. En una tabla ligeramente enharinada, estira la masa con un rodillo hasta que tenga 1/4 pulgada de espesor. Corta con moldes en forma de persona.

6. Hornea las galletas en una bandeja de hornear a 375°F hasta que los bordes de las galletas estén ligeramente dorados.

7. Deja enfriar y decora las galletas con uvas pasa o caramelitos.

8. ¡Atrápalo si puedes!

"STOP!" Shrek, Donkey, and Puss In Boots arrive just in time!
—¡ALTO AHÍ!—. ¡Shrek, Burro y el Gato con Botas llegan justo a tiempo!

ATTACK . . .
¡ATAQUE...

...OF THE FAIRY-TALE CREATURES!
DE LOS PERSONAJES DE CUENTOS DE HADAS!

Answer on page 80
Soluciones en la página 80

Spot the 10 differences between these pages.

Encuentra las diferencias entre estas dos páginas.

"It's not nice to fool with the Fairy Godmother!"
—¡Burlarse del Hada Madrina no está bien!

WHAT HAPPENED TO THE KING?
¿QUÉ LE PASÓ AL REY?

Fiona's father got hit by a blast from the Fairy Godmother's wand. Connect the numbered dots to see what happened to him.

Al padre de Fiona lo alcanzó un rayo de la varita mágica del Hada Madrina. Conecta los puntos con números para ver qué le pasó.

Reunited at last!

¡Por fin, reunidos!

Happily Ever After!
¡Felices Para Siempre!

"Whatever happens, I must not cry! You cannot make me cry!"
—¡Pase lo que pase, no debo llorar! ¡No puedes hacerme llorar!

OGRES FOREVER!
¡OGROS PARA SIEMPRE!

Now that Fiona and Shrek are going back to the swamp, they want to have a party for all their friends. On the Menu scroll, imagine what kind of food the ogres might serve. On the other scroll, make a list of all the people they want to invite.

Ahora que Fiona y Shrek regresan al pantano, quieren dar una fiesta para todos sus amigos. En el rollo del menú, imagina qué clase de comida servirían los ogros. En el otro rollo, pon los nombres de las personas que quieren invitar.

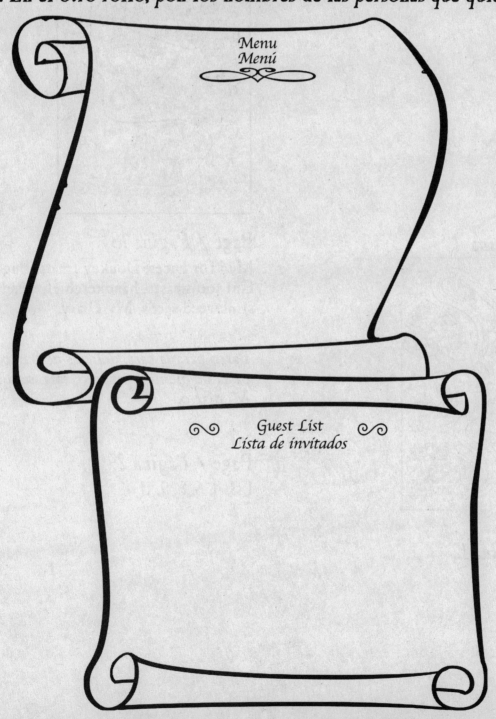

Menu
Menú

Guest List
Lista de invitados

ANSWERS
RESPUESTAS

Page / *Página* 2

TIME
PRINCESS
TOWER
FIRE
DRAGON
PRINCE
OGRE

VEZ
PRINCESA
TORRE
FUEGO
DRAGÓN
PRÍNCIPE
OGRO

Page / *Página* 4

Page / *Página* 12

B
C
B
A
C

Page / *Página* 14

Pixie #8
Hada Nº 8

Page / *Página* 17

Page / *Página* 18

Mud for Faces, Donkey treats, Bug
Gut toothpaste, handkerchief, weed rat,
stinkweed seeds, My Diary.

Barro para la cara, delicias de burro,
pasta de dientes, pañuelo, rata, semillas,
Mi diario.

Page / *Página* 29

1, 3, 4, 6, 8, 9, 11

Page / Página 34

Page / Página 35
Elf #8 is different.
El gnomo Nº 8 es diferente.

Page / Página 38
Potion #4
Poción Nº 4

Page / Página 42

Page / Página 43

"Somebody bring me something deep fried and smothered in chocolate!"

—*¡Que alguien me traiga algo frito bañado en chocolate!*

"You promised me a princess! You promised me a kingdom!"

—*¡Tú me prometiste una princesa! ¡Tú me prometiste un reino!*

"It would be an honor to lay my life on the line for you."

—*¡Sería un honor arriesgar mi vida por ti!*

"I think you grabbed the Farty Ever After potion!"

—*¡Creo que tomaste la poción Pedorrera Para Siempre!*

"Here's to us, Fiona!"

—*¡Brindemos por nosotros, Fiona!*

Page / Página 54
1. Shrek's collar is missing.
2. Shrek's right boot is missing.
3. Puss's sword is missing.
4. Donkey's ear
5. Donkey's tail

1. Falta el collar de Shrek.
2. Falta la bota derecha de Shrek.
3. Falta la espada del Gato con Botas
4. La oreja de Burro
5. La cola de Burro

Page / Página 56

Page / *Página 60*
FAIRY GODMOTHER
HADA MADRINA

Pages / *Página 62-63*

Pages/ *Página 70-71*

Handsome Shrek has ogre ears.
Pinocchio's strings are missing.
Puss In Boots is holding a swordfish, not a saber.
The Wolf's grandmother dress has a different pattern.
Fairy Godmother's glasses are missing.
One Pig is wearing a fez.
One Pig is wearing a tiara.
One Pig is wearing a sombrero.
Flowers are coming out of the Fairy Godmother's wand.
Donkey is now in the picture, peeking out from behind a wall.

Shrek, el apuesto, tiene orejas de ogro.
Faltan las cuerdas de Pinocho.
El Gato con Botas sostiene un pez espada, no un sable.
El vestido de la abuela del lobo tiene un diseño diferente.
Faltan los lentes del Hada Madrina.
Un Cerdo lleva un gorro turco.
Un Cerdo lleva una tiara.
Un Cerdo lleva un sombrero.
De la varita mágica del Hada Madrina salen flores.
Burro está ahora en el cuadro, asomándose por detrás de la pared.